LA REPORTERA

Primera edición: Agosto 2021

Copyright © Elsa Tablac, 2021

AF392615

La reportera

Elsa Tablac

CAPÍTULO 1

A BIGAIL

La primera en la frente. El día que llegué a la redacción de la revista, me senté frente a la mesa de la Tuna —nuestra directora— y me dijo que no iba a librarme de redactar los horóscopos a pesar de que necesitaban de mi desparpajo en otras secciones…la verdad: casi me da algo.

En unas décimas de segundo pensé en levantarme y marcharme por donde había venido. Pero necesitaba el maldito trabajo.

Miranda Tuna apoyó los codos sobre su mesa y me dijo, muy seria:

—Sé que lo que te ofrezco no es tan glamuroso como irse a rodar un documental en Arizona, pero imagino que no creerías en serio que íbamos a prescindir de tus descacharrante sección astrológica, ¿no?

Respiré hondo. Ya se lo había dicho varias veces, pero al parecer le daba exactamente igual.

—Pero Miranda, eres consciente de que me los invento, ¿verdad? ¡Que me invento los horóscopos!

Se encogió de hombros.

—El horóscopo de una revista de cotilleos no es precisamente el BOE, Abigail, así que la verdad… me da lo mismo. Nunca hemos tenido una astróloga en esta redacción, pero alguien ha de hacer ese trabajo. La cruda realidad es que desde que te marchaste y nos dejaste sin tus predicciones no hemos parado de recibir e-mails pidiendo que volvieses. El tráfico de la web ha caído en picado, por no mencionar los *followers* en Instagram...

—Lo entiendo, pero pensé que te interesaban más mis dotes como entrevistadora...—contesté, intentando esbozar una sonrisa. No era plan de ponerme a exigir nada más entrar por la puerta.

¿Qué tal?

Aquí Abigail Vázquez, ¡reportera en una de las principales revistas de cotilleos del país desde...hoy mismo! Después de un periplo precario de muchos años trabajando como *freelance*, me coroné como periodista esotérica en la revista de la Tuna (la jefa, Miranda Tuna, alias "la Tuna"). Eso quiere decir que hace algo más de un año me encargaron escribir la página de horóscopos sin ser yo nada de eso y sin tener la menor idea de astrología.

¿Te llevas las manos a la cabeza? Pues la Tuna no, porque está de vuelta de todo y lo primero que le dije cuando me lo propuso fue que yo no tenía ni idea de astrología. Le dio igual, así que le eché imaginación y me puse manos a la obra.

La sección fue todo un éxito. Las lectoras nos contactaban asegurando que acertábamos absolutamente todo lo que acontecía en su día a día. Todo iba tan bien que la Tuna decidió subir mis zodiacos al perfil de Instagram de la revista. La cosa fue mejor aún. Más seguidores y más dinerito para mis superiores.

Hasta que la presión me pudo y después de escribir crucigramas, la programación de la tele, los horóscopos y hasta las esquelas de los muertos en diversos medios de in-comunicación, decidí liarme la manta la cabeza y largarme a hacer las Américas.

Me fui a Las Vegas a rodar un documental sobre casinos y cuando ya habíamos terminado y trataba de decidir qué haría con mi vida recibí de nuevo la llamada de Miranda Tuna para prometerme un puesto de redactora en la revista.

Un puesto DE VERDAD.

Artículos largos.

Entrevistas.

Selección de fotos. Un sueño dorado, vamos.

Así que le dije que sí, volví de nuevo a Madrid y me presenté en su oficina una bonita mañana de primavera, con mi viejo boli de siempre y un precioso y nuevísimo bloc de notas.

Había trampa, por supuesto.

Iba a sustituir a Rebeca, una redactora veterana que había encontrado algo mejor que hacer con su vida (las malas lenguas me dijeron que se había ido a hacer collares a Ibiza), y sí. La Tuna me encargó enseguida mi primera entrevista, pero (casi) lo primero que me dijo fue que tendría que seguir con los horóscopos.

—Por favor —me dijo, lanzándome una mirada suplicante.

Apoyé la frente sobre su mesa.

—Lo harás genial —seguía diciendo.

—Lo sabía...

—Además, tengo un pequeño regalito para ti —añadió. Ella seguía a lo suyo, intentando contrarrestar el golpe.

Realmente estaba siendo un poco más dramática de la cuenta. Durante ocho meses había escrito los dichosos horóscopos de ALOHA —sí, así se llama la revista— acurrucada en el sofá los domingos por la noche, mientras me tomaba una copa de vino blanco, mordisqueaba una palmera de chocolate y mantenía un ojo en la pantalla del ordenador y el otro en un capítulo de *Friends*.

En el fondo no me suponía un gran esfuerzo. Era solo que creí por un instante que por fin podría empezar a hacer periodismo serio (todo lo serio que puede ser trabajar en una revista de actualidad llamada ALOHA).

La Tuna se levantó de su trono y dio un paseíto por su despacho acristalado. A aquellas horas la redacción estaba prácticamente vacía. Mis siete compañeras —a las que ya conocía— empezaban a dejarse caer a eso de las diez, algo que nunca he entendido muy bien pero que imaginaba que alguien me explicaría. Era demasiado temprano para ellas.

La jefa se sentó sobre una de sus pilas de revistas y me miró, esperando acontecimientos, pero...¿no era ella la que tenía algo para mí?

—¿El regalito? —le pregunté, esperándome que me cayese alguna otra tarea poco gratificante.

Cogió una revista y la abrió por las páginas centrales. Allí había un modelazo de impresión. Un hombre de primera categoría.

—Vas a entrevistarlo a él. Mañana. Esa es tu primera misión.

Me faltó tiempo para ponerme las gafas de ver de lejos.

—¿Quién es? ¿Es Velencoso?

—¡No! Míralo bien.

Me lanzó la revista, que aterrizó sobre la mesa. No era el top model Andrés Velencoso, pero aquel chico no tenía nada que envidiarle. Solo pensar que en apenas un día hablaría con él, ya me alteraba. ¿Es posible enamorarse de una foto? Lo dudo, pero yo ya notaba "la oscilación", una cosa que me pasa cuando veo un hombre candidato a conquistarme (aunque él todavía no sepa de mi existencia).

—Me gusta el regalo. ¿Quién es?

—Cómo se nota que has pasado unos meses perdida en el desierto —resopló la Tuna—. Es Julien Varvenne. Uno de los actores franceses del momento. El protagonista de la comedia romántica francesa del verano.

—¿Del verano? ¿Del verano pasado?

—¡No! Del próximo. Habitualmente es Sandra quien se ocupa de las noticias de cine, bueno, más bien de los actores... pero la he pasado a la sección de futbolistas. ¿Qué te parece? ¿Crees que puedes estudiártelo esta noche y traerme algo presentable en dos o tres días? No necesito mucha profundidad y ya tenemos las fotos. Nos las han pasado desde la productora. Solo quiero que hables con él un rato y, a ser posible, averigües si tiene el corazón ocupado. Creo que es algo que interesará mucho a nuestras lectoras.

A mí también me interesaba, la verdad. Le iba a contestar que tal vez era demasiado repentino y que necesitaba un poco más de tiempo para "estudiarme" a aquel chico, pero qué demonios, ¿soy una profesional o no?

Saqué el bloc de notas.

—Está bien. Dime las coordenadas. ¿Ya está en la ciudad? ¿A qué hora? Y supongo que la entrevista es en su hotel, ¿no?

La Tuna me miró con cara de circunstancias. Algo me decía que aún tenía más malas noticias para mí.

—Sabemos dónde se aloja y dónde estará mañana pero...no hemos conseguido ninguna entrevista. Desde la productora nos dijeron que estaba demasiado ocupado y que no tenía ningún hueco. Lo que me temo es que no han querido concedérnosla.

Estaba alucinando, la verdad.

—¿Entonces?

—Entonces tendrás que ir allí y hablar con él como sea. Consigue que te dé algunas declaraciones. No necesito llenar cuatro páginas. Con cinco columnas de texto será suficiente.

Abrí la boca para protestar, pero la cerré enseguida. Nada de lo que dijese, ninguno de los demonios que pugnaban por salir de mi garganta, iban a beneficiarme en lo más mínimo.

—Se aloja en el Hotel Ritz —murmuró.

Genial. Tenía que colarme en el Ritz sin cita previa y con todas las papeletas para que el séquito de Julien Varvenne me echase de allí sin dejarme hablar con él.

—Lo harás genial. Confío en ti —dijo la Tuna—. Y por supuesto puedes marcharte a casa y preparar la entrevista allí, si lo prefieres. Es tu primer día y no quiero agobiarte demasiado.

Qué considerada.

Se rió, tratando de rebajar la extraña tensión que se había creado en su despacho en solo un par de minutos. Noté cómo mi silencio repentino la incomodaba. Me levanté, dispuesta a marcharme y empezar a trabajar en mi primer encargo.

—Abigail —dijo.

Me giré.

—Estoy contentísima de que hayas aceptado el puesto. Y no es solo por el horóscopo. Sé que eres una excelente reportera.

Dejé escapar una sonrisa algo forzada. No estaba segura de que sus alabanzas fuesen cien por cien sinceras, pero no quería empezar con mal pie. La Tuna y yo teníamos bastante carácter. Diría incluso que éramos parecidas. Y eso podía ser muy bueno o por el contrario podría enviarme directamente a la cola del paro en menos que canta un gallo.

—Volveré pasado mañana con una entrevista a Julien Varvenne. Descuida.

Salí del despacho de la directora y en ese momento recordé una de las máximas que me habían guiado en esta vida y que siempre me ha ayudado a no preocuparme en exceso por cosas que no están bajo mi control.

Nada es casual. Nada pasa porque sí.

Y, una vez más, estaba a punto de confirmarlo.

CAPÍTULO 2

J ULIEN

Observé desde la ventana el perfil majestuoso del Museo del Prado y las colas que se formaban ordenadamente a sus puertas. No estaba en la capital de España para hacer turismo, y sin embargo lo único que me apetecía en ese instante era salir del hotel y dar un paseo por el centro de la ciudad, sentarme en alguna terraza, pedir un café y sentir el sol sobre mis párpados cerrados.

—Solo una más por hoy, Julien —oí la voz de Raquel a mi espalda.

Me giré. Tenía un vaso de agua en la mano, que estiraba en mi dirección. Aquella mujer pensaba en absolutamente todo antes de que yo abriese la boca siquiera.

Raquel era la responsable de promoción de la productora de mi nueva película, y mi ángel de la guarda cada vez que visitaba Madrid, que en los últimos años era bastante a menudo. Por suerte era un viaje corto, ya que vivía en París. Un vuelo de apenas dos horas.

—¿Una más?

—Última entrevista y te dejo en paz por hoy. Lo juro.

Iba a pasar tres días haciendo promo en Madrid. Era el único actor de la película que se había dignado a viajar y en parte lo agradecía.

Monique Bertrand, mi compañera de reparto, y yo no habíamos tenido lo que se dice la mejor de las relaciones, especialmente cuando terminó el rodaje. Monique me causaba problemas y cuanto más lejos estuviese, mejor, al menos hasta que se estrenara la película y estuviésemos obligados a reencontrarnos.

Dejé atrás el ventanal de aquella *suite* del Ritz y me acerqué a la puerta de la habitación. Fuera, Raquel organizaba el turno de los periodistas que aún rondaban por el hotel.

Me asomé a la sala anexa y el murmullo se acalló de golpe. Fue entonces cuando la vi.

Discutía acaloradamente con la jefa de prensa y, supe, en ese instante, que tenía que conocerla y que tal vez tendría toda la suerte del mundo y ella sería la última periodista a la que me tocaba atender esa mañana.

Observé su impecable figura. Alta, rubia, con el pelo largo y ondulado, la cintura estrecha y unos enormes pechos de esos que cuesta encajar dentro de una camisa como la que llevaba, una blusa de seda blanca que pugnaba por abrirse y hacerle pasar un mal rato.

Me impresionó desde el primer momento en que la vi.

Pero algo me decía que aquella chica no era de las que se amilanaban. Salí de la *suite* y me acerqué a ellas.

—¿Hay algún problema, Raquel?

Yo entiendo y hablo perfectamente el español, pero la rubia estaba soltando algunos improperios que se me escapaban, mientras la jefa de prensa trataba de calmarla:

—ALOHA no está en la lista de medios aprobada por la productora y no disponemos de más tiempo hoy para entrevistas, lo siento muchísimo...

—Pero yo no puedo irme sin hablar con el señor Varvenne —contestó la rubia, visiblemente nerviosa.

Vaya. Es mi día de suerte, pensé.

—Tal vez podamos arreglar...

—Ahora no, se lo pido por favor —me interrumpió—. Necesito esa entrevista con Julien Varvenne. Serán solo cinco minutos y esperaré lo que haga falta para...

¿Por qué hablaba de Julien como si yo no fuese el tipo que buscaba? Estuve a punto de soltar una carcajada.

Se acercaron dos personas más y rodearon aquel tumulto improvisado.

Lo que faltaba. Pretendía entrevistarme y ni siquiera me había reconocido. Aquello se ponía interesante. Toqué el codo de Raquel para indicarle que yo me encargaba. La jefa de prensa suspiró y se llevó a los dos periodistas que empezaban también a protestar a un rincón para tratar de calmarlos.

—Ahora los atiendo —le dije.

Me giré de nuevo hacia la rubia desubicada. Necesitaba saber todo sobre ella. Ya.

—Acompáñame a la *suite*, por favor.

Ella me siguió, guardando un silencio bastante inteligente, después del pequeño revuelo que había montado. Bajó la mirada mientras rebuscaba algo en su bolso. Me aparté a un lado y la dejé pasar.

—Solo serán cinco minutos —me dijo—. ¿Puedes conseguir que me atienda?

Alucinante.

—¿Cómo te llamas?

—Abigail.

—Y trabajas para...

—La revista ALOHA.

—ALOHA.

Me miró con cara suplicante.

—Es mi primera semana y me ha caído este encargo de repente... Mi directora no pudo conseguir una cita concertada, cosa que, entre nosotros, no habría pasado si yo hubiese estado manejando esto desde un principio. Pero técnicamente hoy es mi primer día, así que...

Nunca, jamás, me había sucedido algo tan extraño. Que una periodista se presentase ante mí con intención de arrancarme algunas declaraciones y que ni siquiera me reconociese... Inaudito. Pasamos al salón de la *suite*.

Eché un vistazo a la cama, en la habitación contigua, e imagino que es fácil intuir lo que se me pasó por la cabeza. No me alojaba en aquella habitación, sino en una muy parecida al fondo del pasillo. Solo estábamos utilizando aquel espacio para las entrevistas, cosa que en aquel momento, con Abigail a mi lado, mirando a su alrededor como un ratón asustado me parecía un absoluto desperdicio.

—Yo soy Julien Varvenne —le dije.

La sonrisa conciliadora que traía la reportera se desarmó en aquel preciso instante. Entre nosotros se hizo un silencio que no me incomodó. Al contrario. Me senté en el borde de la mesa y me dediqué a observar sus labios gruesos y brillantes, entreabiertos para mí. Me endurecí al instante. Era demasiado atractiva. Cogí uno de los dossieres de prensa de la película y lo coloqué delante de mi cadera, tratando de disimular mi erección.

—No, no lo es —contestó.

Perplejidad. Aquello empezaba a ser divertido. ¿Estaba bromeando? ¿Era en realidad una loca que se había colado en el hotel haciéndose pasar por periodista? ¿Estaba metiéndome en problemas hablando con ella a solas en la habitación?

Ni corta ni perezosa sacó una revista del bolso y la abrió por la página central.

—Este es Julien Varvenne —dijo, señalando el papel.

Solté una carcajada.

—¿Esa es la revista para la que trabajas? ¿Me dejas verla?

Se la arrebaté sin esperar su respuesta. Un jovencito Julien sin camiseta me miraba desde las páginas centrales con una pose seductora muy estudiada. Pasé un par de páginas. Era una revista de cotilleo. Ni en sueños la productora le habría asignado un hueco para una entrevista. Pero se me estaba ocurriendo algo mejor.

—Hace muchos años de esta foto. Unos ocho, si no recuerdo mal. ¿Sabes que muchas veces se nos exige cambiar físicamente para trabajar, no?

Abigail asintió. Soltó una risita.

—Lo siento, perdóneme. Me he dado cuenta de que era usted en cuanto hemos entrado en esta habitación. No sé por qué he alargado la confusión... Me parecía divertido. A veces soy un poco absurda.

—Curiosa manera de conseguir una entrevista.

Sacó de su bolso una libreta y un boli. Golpeó uno de los extremos del bolígrafo con la barbilla, dispuesta a tomar nota. No sabía si me fascinaba más su descaro o aquel repentino humor que había sacado a relucir. ¿Y esa libreta del siglo veinte? Era la primera vez que alguien pretendía entrevistarse tomando notas, en lugar de usar una grabadora.

—Espera, ¿qué haces? —le pregunté.

—Serán solo seis o siete preguntas.

—Yo no he dicho que vaya a concederte ninguna entrevista.

Estaba disfrutando. Era mi momento. Le quité el cuaderno y el boli de las manos. Acto seguido arranqué una hoja en blanco y le dije:

—Apúntame tu dirección y tu teléfono. Pasaré a buscarte esta noche y saldremos a cenar. Durante la cena podrás preguntarme lo que quieras.

Abrió la boca, supongo que para protestar, pero la cerró enseguida. Dio unos pasos por la habitación. Después cogió el trozo de papel con diligencia y garabateó unos números y una dirección.

—Necesito esta entrevista, señor Varvenne —me dijo, entregándome la nota —. No tengo inconveniente en cenar con usted, siempre que quede claro que se trata de una reunión profesional.

De repente estaba seria y más atractiva aún si cabe. Tal vez me había excedido un poco. No sabía absolutamente nada de ella. Parecía bastante más joven que yo, no debía tener más de veintiséis o veintisiete años, mientras yo me acercaba a los cuarenta. No sabía si tenía pareja, si tendría alguna posibilidad con ella. Parecía una joven muy determinada, obcecada con la dichosa entrevista, pero yo valoro mucho a todos los que tratan de hacer su trabajo lo mejor posible.

En aquel momento Raquel se asomó a la puerta y nos interrumpió.

—Disculpa, Julien. Nos esperan para la entrevista de televisión.

—Enseguida termino aquí.

Abigail se levantó.

—Tal vez esto no ha sido una buena idea. No quiero importunarle, Julien.

Era la primera vez que pronunciaba mi nombre, y sonaba celestial en aquellos labios, contra los que estaba deseando estrellarme.

—Por favor, olvida el "usted" —le dije—. Y, Abigail...

Se giró por última vez antes de abandonar la habitación.

—¿A las ocho?

No contestó, pero una tímida sonrisa volvió a asomarse en su rostro.

No estaba dispuesto, bajo ningún concepto, a volver a París al final de aquella semana sin haberla conquistado.

CAPÍTULO 3

A BIGAIL
—En serio, ha sido un despropósito. Todo lo que podía salir mal ha salido mal —le dije a mi amiga Astrid por teléfono—. ¡Y en mi primer día!

Teníamos entradas para ver un espectáculo de monólogos esa noche, que iba a tener que cancelar por culpa de aquel presuntuoso actor francés.

—Y lo peor... ¡cree que es famoso y que todo el mundo sabe quién es!

Astrid se reía al otro lado de la línea.

—Es guapísimo. ¡Qué suerte! No entiendo por qué esta conversación me suena a queja lamentable —me dijo—. Si es por los monólogos, chica, ya iremos en otro momento. Ahora que estás de vuelta, nos sobra el tiempo para hacer cosas.

—¿En serio no te importa?

—El trabajo es lo primero —contestó Astrid, y a continuación soltó una risa tonta—. En serio, no es problema. Iré con Helena o con alguien, no te preocupes. Lo que sí me gustaría es saber de este asunto. Compraré ALOHA cuando salga la entrevista. Avísame, por fa.

Colgué el teléfono. Astrid lo veía siempre todo de una manera mucho más positiva que yo, por eso era alguien a quien llamaba cuando la nube negra se instalaba sobre mi cabeza. Caminé hasta casa. Era casi una hora a pie, pero pasear era algo que me calmaba. Estaba irritada por el simple hecho de que las cosas no habían salido como yo esperaba.

No era porque Julien Varvenne no me gustase. Me parecía el tipo más atractivo que había visto en siglos, pero aunque nadie apostase por ello, soy un ser muy práctico. Bajo ningún concepto iba a dejarme engatusar por alguien que está en la ciudad de paso, que ha sido tan artificioso como para citarme a cenar en lugar de simplemente contestarme un par de preguntas y ahorrarnos toda la ceremonia. ¿Me dejo algo? Ah, sí. Era un actor francés de cierto éxito. *Supongo que será bastante conocido en su país, pero aquí no lo conoce ni el tato.*

Las entrevistas que publica ALOHA no tienen demasiada profundidad. Cuando la Tuna me pidió que la preparase rápidamente la noche anterior ella se refería en esencia a que me mirase su página de Wikipedia.

No hacía falta ver sus películas, no era necesario analizar su carrera audiovisual. En ALOHA no quieren artículos sesudos. Nos piden textos breves y entretenidos para pasar el rato. Y algo que aprendí durante mis meses como astróloga impostora fue que hay que economizar esfuerzos.

El caso era que, sin saber muy bien cómo, acababa de aceptar una cita con Monsieur Varvenne.

Empieza a corregirte desde ya mismo, Abi, pensé. ESTO NO ES UNA CITA.

Pero es que sí que lo era.

Venía a buscarme a casa, quería salir a cenar. ¿Acaso un actor internacional que visita un país para promocionar su película no tiene nada mejor que hacer? Era imposible que alguien como Julien Varvenne no tuviese un harén de seguidoras o colaboradoras dispuestas a entretenerle durante su visita.

En ese momento algo brillante me llamó la atención en el suelo. ¿Era una moneda de un euro? Me agaché. No. Era solo un botón sobredimensionado. Al incorporarme de nuevo lo vi. Frente a mí, sobre un majestuoso edificio en obras de la Gran Vía. Un cartel gigantesco con el rostro de Julien Varvenne.

En toda su magnitud, como una auténtica estrella.

Era una de esas lonas de Netflix que anunciaban la última serie que había protagonizado en exclusiva para la plataforma.

Me sentí pequeña. Lancé el botón en una papelera y continué caminando.

Llegué a mi zulo-estudio recién alquilado, encendí de nuevo el ordenador y me puse a investigar un poco más a fondo —algo que, reconozco, debería haber hecho la noche anterior—.

Julien Varvenne tenía treinta y ocho años, exactamente diez más que yo y estaba separado de una conocida presentadora de televisión. No habían tenido hijos y la relación se había roto, según las fuentes que encontré, porque apenas se veían. Hacía algo más de tres años de la separación. Al parecer su ex mujer, Cynthia, presentadora de informativos, era una especie de adicta al trabajo —o eso decían— y no estaba por la labor de formar una familia.

Así que Julien la dejó, pero acto seguido él también se centró en su trabajo. Encadenó un rodaje tras otro, y había sido justo entonces, a partir de su divorcio, cuando su carrera despegó.

Lo interesante había llegado en el último año. Monique Bertrand, su compañera de reparto. Una desconocida que había pasado de rodar un par de comedias a su lado a ser reclutada por uno de los directores de cine más famosos de Francia, con quien empezaría a trabajar pasado el verano.

LA REPORTERA

Al parecer, y durante el rodaje de la última película, la que había venido a promocionar, hubo "tema" entre ellos. O eso se rumoreaba. Ninguno de los dos lo había confirmado, por supuesto; así que también podía ser un elaborado invento en aras de la promoción y de la recaudación de taquilla.

Tenía mis dudas porque, según me había enterado mientras esperaba en la sala de prensa del hotel, ella se había negado en redondo a acompañarlo durante la promoción, cosa bastante extraña. De hecho no sé hasta qué punto una actriz que está empezando puede hacer imposiciones de ese tipo.

Me desnudé y me metí en la ducha, con la intención de no hacer nada durante el resto de la tarde. Estaba inquieta y no debería estarlo. Sabía muy bien que no convenía tener ninguna perspectiva sobre la cena, más allá de hacer mi trabajo de una vez por todas. Es más, pensaba escabullirme lo antes posible, volver a casa, redactar la maldita entrevista aunque me tuviese que ir a dormir a las tantas de la madrugada y enviársela a la Tuna por e-mail a primera hora de la mañana. Después iría a la redacción a escribir lo que fuese. Los horóscopos, por ejemplo.

Me envolví en una toalla y me planté delante de mi ridículo armario. Mi vestuario nocturno es, digamos, limitado. Ni siquiera había tenido tiempo de ir de compras desde mi regreso de Arizona y no veía nada a simple vista que gritase "modelito ideal para cenar con uno de los actores franceses del momento".

Que era uno de los actores franceses del momento ya me había quedado claro después de la última investigación y, la verdad, casi que hubiese preferido no saberlo.

Supuse que él debía verme como un entretenimiento autóctono y desvergonzado que había tenido la caradura de presentarse en su hotel sin invitación y, encima, sin reconocerlo en un primer momento. Era todo demasiado barroco como para plantearme que aquella debía ser una cena lo más correcta y profesional posible por mi parte.

Me puse una falda de tubo negra, los mejores —¿únicos?— zapatos de tacón que tenía y una camiseta de raso de color *beige*. (Ideal si te manchas).

Cuando vi que se acercaba la hora y me di cuenta de que quería que un agujero se me tragase y de que no tenía manera humana de cancelar aquello, mi móvil vibró; señal de que había llegado un mensaje. Era un número desconocido con prefijo francés, por lo que no me quedaba ninguna duda de su remitente.

Bonjour. Solo quería asegurarme de que no he imaginado la conversación de esta mañana. Seré puntual. Me gustaría que estuvieses lista a tiempo, por favor. He reservado una mesa en mi restaurante favorito de la ciudad.

X

Julien

CAPÍTULO 4

JULIEN

Bajé del coche para esperarla junto a la puerta. El chófer se quedó tras el volante. Eché un vistazo al edificio en el que vivía Abigail. A unos metros de allí, al otro lado de la calle, mi propio rostro parecía observarme desde la marquesina de un autobús. Era uno de los carteles promocionales de la última serie que había hecho para Netflix.

Nunca me acostumbraré a ver mi rostro sobredimensionado en las fachadas de los edificios. Es un hecho. Puede que el éxito me haya llegado algo tarde, pero poder desplazarme de forma anónima por la ciudad era algo que siempre iba a echar de menos.

El anonimato, la intimidad. Cuando ardo en deseos de recuperarlos, me voy a una pequeña casa que mi familia ha conservado durante dos siglos, en la Bretaña. Allí solo soy Julien. No Julien Varvenne, el actor francés de moda.

Siempre soñé con llevar a una mujer allí. Alguien como Abigail. Nunca fui con Cynthia —ella jamás tuvo tiempo para eso— y lo de Monique, en fin... resultó un completo desastre.

Mi móvil vibró en el bolsillo del pantalón, pero no era la reportera, confirmando nuestro inminente encuentro. Había estado evitando el teléfono los tres últimos días, porque lo relacionaba con un persistente problema, que no era otro que Monique Bertrand.

Saqué el teléfono, dispuesto a echarle un último vistazo aquella noche. Bajo ningún concepto iba a permitir que nada arruinase mi cita con la periodista.

Un nuevo mensaje de Monique. Cómo no.

Respiré hondo. Podía borrarlo directamente sin abrirlo, pero aún nos vinculaba aquel estúpido contrato de la película. Prefería estar al tanto de todo lo concerniente a Monique. Era imprevisible e impulsiva.

Lo abrí.

No puedes seguir ignorando mis mensajes, Julien. Estoy pensando en ir a Madrid…Si es la única manera de que te dignes a hablar conmigo.

Lo que me faltaba.

El problema no era exactamente el contrato, sino una cláusula secreta. Una que no estaba en el acuerdo inicial pero que se añadió más tarde, negociada mediante nuestros respectivos agentes. El mío y el de Monique.

Era el truco más viejo del mundo del espectáculo. Faltaban unos meses para que se estrenase nuestra nueva película en los cines. Unas semanas antes, de manera muy estudiada, debíamos dejarnos ver juntos en un par de sitios de París, y en también en las playas de Niza, simulando que había surgido algo entre nosotros. Eso resultaría impagable para la promoción. Ambos estuvimos de acuerdo, a pesar de que no es algo de lo que me sintiese especialmente orgulloso.

Cinco o seis encuentros de los que debía ser testigo un fotógrafo. Eso era todo. Y sin embargo, para mí en aquel momento, plantado delante de la puerta de la reportera, era todo un mundo. Un mundo infranqueable.

Diréis, ¿cuál es ese gran problema? Es muy sencillo. Monique y yo nos dejamos llevar durante el rodaje, a pesar de que ya habíamos firmado esa "cláusula de acercamiento" (así la llamaban los productores). Nos habíamos liado. La historia apenas duró un par de semanas. Terminamos de rodar y cada uno se fue a su casa.

Ella no lo aceptó. No aceptó ese final. No aceptó que yo no me hubiese enamorado de ella.

Y ahora había llegado su momento. El momento que llevábamos meses esperando.

A mi vuelta debíamos organizar esos encuentros para que se tomasen las fotos. Debía suceder todo en las siguientes semanas, tras mi regreso a Francia.

Y de nuevo, el problema: ya no quería representar ese papel fuera de las cámaras.

No quería volver a trabajar nunca más con Monique Bertrand.

No después de cruzarme esa mañana en el Hotel Ritz con ella.

Con Abigail.

No quiero, bajo ningún concepto, que conozca esa cláusula. Y no lo digo solo como reportera. Odio pensar que en algún momento pueda creer que Monique me interesa lo más mínimo.

—¿UN CHÓFER?

Su voz grave y dulce al mismo tiempo hizo que mi vista se apartase de la pantalla del móvil de manera fulminante para aterrizar en sus ojos.

—No sabes cuánto me alegra comprobar que no me has dado un plantón —le dije.

A pesar de que iba vestida con un traje que le sentaba como un guante, señaló el cuaderno que sobresalía un poco de su bolso. No pensaba olvidarse de su trabajo.

—La entrevista, ¿recuerdas?

—¿Cómo iba a olvidarme? ¿Nos vamos?

Abigail asintió. Había tenido que contenerme para no arrastrarla hacia mis brazos en cuanto la vi. Cuando ambos estuvimos acomodados en la parte trasera del coche, se me ocurrió una idea.

Ella miró a su alrededor, curiosa.

—Es extraño, este coche parece mucho más grande por dentro que por fuera. Es como una limusina.

—Espero que estés cómoda —le dije.

Me dolían los dos palmos que nos separaban, sentados en el mismo asiento trasero.

—Elio, podemos irnos —le dije al chófer.

Abigail miraba cada detalle de la lujosa tapicería como un animalito recién sacado de su hábitat. Olisqueé disimuladamente el renovado ambiente del coche. Me encantó que no llevase ningún perfume. Olía un poco a champú y a fresas.

—He pensado que podríamos resolver el asunto de la entrevista aquí y ahora. En el coche.

Ella me miró desconcertada.

—Creí que íbamos a cenar. Si te digo la verdad, cuando lo mencionaste pensé inmediatamente en alguna excusa, pero a medida que pasaba la tarde me he dado cuenta de que lo cierto es que tengo hambre.

Solté una carcajada.

—¿No tienes comida en casa?

—No mucha. Acabo de volver de un largo viaje.

—Entiendo. No te preocupes por eso. La cena sigue en pie. Imagino que con este tráfico tardaremos unos veinte minutos en llegar al restaurante, según me ha dicho Elio. Tal vez es mejor que liquidemos tu asunto de trabajo y así después podemos disfrutar de la comida tranquilamente. ¿Qué me dices?

Asintió y exhibió de nuevo su preciosa sonrisa del color de las cerezas maduras. Estaba algo nerviosa. Noté un deje tembloroso en algunas de las preguntas que me lanzó. ¿Era por mí? ¿O por su poca experiencia como entrevistadora?

Accioné un botón y elevé el cristal que nos separaba del chófer, para que estuviésemos solos del todo dentro de aquel lujoso coche.

—¿Te molesta? —le pregunté.

—No.

No le molestaba, pero aún parecía algo inquieta. Sus hombros estaban tensos. Al cabo de unos segundos descubrí que no se debía a ninguno de mis movimientos. Era por la última pregunta que tenía apuntada en su cuaderno:

—¿Hay algo de cierto en su posible relación con Monique Bertrand?

Sonreí y desvié la mirada hacia el tráfico en el que nos hallábamos inmersos, en el céntrico Paseo de la Castellana. Los cristales de los laterales también estaban oscurecidos. El mundo exterior no podía adivinar ni un ápice del futuro que se estaba construyendo en el interior de aquel lujoso coche.

Cerrada la escotilla que nos separaba del chófer, Abigail y yo estábamos completamente solos. Aislados.

Le respondí de manera segura y elegante:

—No hay nada entre Monique Bertrand y yo. Fuimos compañeros de trabajo. Es una excelente actriz. Pero no hay nada más.

A pesar de que el tono de mi voz era muy firme, corregí de inmediato la dirección de mi mirada para encontrarme con los ojos de la reportera. El lenguaje corporal es importante. Era algo que me había quedado más que claro durante todos los años que dediqué a estudiar interpretación. Pero lo que no quería bajo ningún concepto es que ella pensase que lo que decía no era cierto.

Garabateó algo en su cuaderno después de encontrarse de súbito con mi mirada.

Después lo cerró y lo guardó en el bolso.

—Perfecto. Ya lo tenemos, entonces —dijo.

—¿Vas a dejar de hablarme de usted, entonces?

Abigail sonrió.

—Era por la entrevista.

El coche estaba detenido en medio del tráfico. Estábamos en un buen atasco. Pulsé el botón del intercomunicador para hablar con el chófer.

—¿Algún problema, Elio?

Su respuesta no se hizo esperar:

—Lo siento, señor, pero parece que ha habido un accidente. Y hay demasiado tráfico esta noche. Me temo que estaremos atascados al menos unos diez minutos más. Pueden tomar un refrigerio, ahí en la nevera...

Accioné el botón de nuevo.

—Gracias, Elio. No te preocupes. No hay prisa.

Giré el torso para encararme un poco mejor con Abigail, pero no me atreví a hacer lo que verdaderamente deseaba. Salvar ese medio metro escaso que nos separaba en el asiento trasero y besarla.

—Espero que no tengas mucha hambre. Parece que tardaremos un poco en llegar.

—No, estoy muy bien. Confiemos en que no anulen tu reserva.

—No lo harán.

Después de dos segundos de silencio, los dos dijimos a la vez...

—Oye...

—Tú primero —añadí al instante.

—Solo quería decir que sé que estás aquí, en mi ciudad, por trabajo. Y que eso forma parte de las labores de promoción. No hay ninguna obligación respecto a la cena. Y parece que este atasco amenaza con arruinar tu noche. Así que si quieres cancelarla, no sé, regresar caminando a tu hotel...Yo lo entendería. Lo que quiero decir es que no tienes ninguna obligación de cenar conmigo esta noche si has cambiado de idea.

Parpadeó después de soltar su inconexa retahíla de palabras. Podía percibir su nerviosismo y aquello, debo decir, me excitaba todavía más. Tan solo debía asegurarme al cien por cien de si ella quería que me acercase. Si quería que yo salvase el abismo que nos separaba en ese maldito coche, porque bien sabe Dios que estaba dispuesto a hacerlo en ese preciso instante.

—Veamos. ¿Tú quieres cenar? —le pregunté.

—Sí.

—Yo también. Y déjame ser más claro: quiero cenar contigo esta noche. Sobre todo ahora que ya nos hemos deshecho de todas esas preguntas.

La reportera extendió su mano, con una perfecta manicura, sobre el asiento de piel, dejándola muy cerca de mi pierna derecha. Yo extendí el brazo por encima del asiento, hasta que mi mano quedó detrás de la nuca que me moría por acariciar. Aquella melena rubia y ondulada iba a ser mi perdición.

Abigail me miró. Había una expresión curiosa en su rostro que me recordaba a cada momento su cometido como periodista. Que su trabajo era recopilar información sobre el personaje, de forma explícita, con sus preguntas; o poniendo en alerta cada uno de sus sentidos.

—¿Y tú? ¿Qué querías decirme? —preguntó.

—¿Yo? Ah, sí. Era respecto a tu última pregunta.

—¿Sobre Monique Bertrand?

Ni siquiera me gustaba la idea de repetir el nombre de otra mujer en su presencia.

—Sí. Debes saber que no suelo contestar ese tipo de preguntas. Al menos no cuando me llegan de una forma tan directa. A pesar de que soy un tipo que aprecia la claridad.

Ella suspiró.

—Lo sé. Pero tenía que hacerla. Es mi trabajo.

—Ya. Si la he contestado es porque...quería dejar bien claro que en estos momentos no hay nadie en mi vida. No soy alguien que se desprenda de su vida personal cuando está trabajando en otro país, o cuando viajo por cualquier otro motivo. No hay nadie aquí, y no hay nadie en Francia. Sé que es muy común que a los actores se nos empareje durante los rodajes. A veces incluso forma parte del juego. Es solo que... no. Actualmente no tengo nada. Ni con Monique ni con nadie. Solo quería que lo supieras.

La miré e intenté decirle con los ojos lo que no estaba diciendo con palabras. Pero Abigail parecía una chica muy lista.

LA REPORTERA

A aquellas alturas de la noche y del atasco no era posible que le quedase ninguna duda.

Entonces lo hizo. Sucedió lo que tanto ansiaba.

La reportera se desplazó en el asiento, deslizó su mano a lo largo de mi mandíbula y atrajo mi boca hacia la suya.

Abigail me besó.

CAPÍTULO 5

A BIGAIL

ESTO.

NO.

PUEDE.

ESTAR.

PASANDO.

Y sin embargo era tangible.

Era real.

Lo juro. Mi cuerpo, mis manos, mi boca actuando a su libre albedrío, explorando los primeros centímetros de los suyos. Mi piel había leído a la perfección lo que acababa de decirme respecto a Monique Bertrand. No era ninguna casualidad que Julien y yo nos hubiésemos cruzado aquella mañana en el hotel Ritz. En ese momento creí realmente que el universo había confabulado a mi favor.

Estábamos en un atasco, en medio de la ciudad, en un habitáculo que se había convertido en todo nuestro mundo. Y el lugar exacto en el que yo estaba dispuesta a dejarme llevar.

Había tomado la decisión de acercarme a él y de besarlo en unas pocas décimas de segundo.

LA REPORTERA

Y mi razonamiento parecía lógico. Al menos en ese instante, dentro de ese coche. Un hombre guapísimo, con un acento que me derretía, un actor de éxito que estaba de paso en la ciudad y que pronto desaparecería de mi vida. Esta era la pregunta que no había hecho en voz alta: ¿cómo vas a dejar pasar la oportunidad de hacer lo que realmente quieres?

¿Era profesional besarnos de aquella manera, como auténticos desesperados?

Claro que no.

Yo ya estaba de rodillas sobre el asiento de piel, dando la espalda a la parte delantera del coche y permitiendo que sus manos recorriesen mi silueta, cubierta a duras penas por cuatro piezas de ropa.

Noté como su pulso y su respiración se aceleraban. Iba a ser muy difícil detener a aquel hombre, una vez encendida la llama que amenazaba con consumirnos.

Tampoco es que tuviese la menor intención de detenerlo.

Rodeé su cuello con mis brazos. Sus manos se depositaron sobre mis caderas, invitándome a rodearlo también con las piernas, a sentarme en su regazo y ofrecerle completo acceso a mi intimidad. Apenas habían pasado unos minutos desde que había dado por concluida la entrevista y estaba a punto de acomodarme sobre sus rodillas.

—¿Puede vernos? —le pregunté junto al oído, mientras él retiraba mi melena del cuello y se acercaba a él como un vampiro sediento y seductor.

—Quién.

—El chófer —susurré.

—No. Solo puede comunicarse con nosotros a través de ese altavoz que ves ahí. Y él no bajaría la mampara sin solicitar permiso.

—¿Por qué?

—Porque la he subido yo. ¿La reportera tiene más preguntas?

No. No quería saber nada más. Y sinceramente, si hubiese tenido la sospecha de que el chófer que debía llevarnos hasta el restaurante podía vernos a través de algún espejo retrovisor me habría dado lo mismo, porque la locomotora estaba encendida y ya avanzaba por las vías a todo trapo.

—Me gustas mucho, Abigail —dijo él—. Desde que te he visto en el Ritz esta mañana he tenido claro que no me iría de Madrid sin tener la oportunidad de conocerte.

—¿Conocerme?

Él me sonrió y asintió. El bulto sobre el que estaba sentada era cada vez más revelador.

—¿Me dejas verte? —me preguntó.

No sabía exactamente a qué se refería hasta que empezó a desabotonar mi blusa. Después la deslizó por encima de mis hombros. Julien paseó la punta de su nariz entre mis pechos.

—Oh, dios mío...

La lengua asomó entre sus labios y con ella dibujó un hilo de saliva sobre mi piel. Sus dedos sujetaban ya el encaje que cubría mis pezones. Julien deslizó las tiras del sujetador y los expuso para su absoluto disfrute. Levantó la mirada para encontrarse con la mía.

—¿Estás bien?

—Estoy demasiado bien.

—¿Sigo? ¿Quieres seguir, aquí y ahora? ¿En medio de un atasco de tráfico?

Asentí y lo besé de nuevo. Sí, por supuesto que quería. Aquello era excitante y él era demasiado atractivo como para detenerlo. Busqué la cremallera del pantalón con la mano derecha. Él levantó la cadera del asiento para ponérmelo lo más fácil posible; y yo pude hacer al fin lo que tanto ansiaba, meter la mano dentro de sus calzoncillos, agarrar su enorme y latente polla, que hacía ya rato que pugnaba por salir de su prisión. La expuse. Estaba completamente dura y erecta.

Estaba a punto de sentarme encima de ella, insertarme, dejar que resbalara en toda la humedad instalada entre mis muslos, pero Julien Varvenne parecía con ganas de tomar la iniciativa. Me detuve un instante y observé sus gestos.

Entonces me levantó en volandas y me tumbó a lo largo del asiento trasero del Mercedes. Aproveché para liberar algunos de los botones de su camisa y deslizar la mano sobre su pecho, cubierto de pelo denso y oscuro. Lo que me faltaba, mi punto débil. Casi podía oler su deseo incontenible.

Me subió la falda hasta la cadera, apartó la tela de las braguitas y acercó la punta de su polla a mi entrepierna de nuevo. Yo agarré su trasero y lo atraje hacia mí. Aquello era una evidente locura desde hacía un buen rato pero estaba dispuesta a llegar hasta el final, aunque al terminar abriese la puerta de aquel coche y me echase de allí en medio de la Castellana.

Entró hasta el fondo. Julien Varvenne empezó a follarme sin piedad en la parte trasera de aquel lujoso coche de alquiler con los cristales tintados (o eso esperaba). Se movía frenéticamente. Ninguno de los dos tenía energía para decir nada, la reservábamos toda para responder y colmar aquel instinto animal que nos había invadido.

En ese momento, para mi desgracia, se me apareció la Tuna en la mente, convertida en una monja escandalizada. Es decir, en mi súbita fantasía pesadillesca ella aparecía vestida con un hábito, mirándome por encima de la montura de sus gafas de manera totalmente reprobatoria; exactamente igual que había hecho el día anterior en la oficina.

Jamás. Nunca. ¡En la vida! podía enterarse de lo que estaba sucediendo dentro de aquel coche entre una de sus redactoras y uno de los personajes.

Personajes. Así se refería Miranda Tuna al elenco de celebridades que desfilaban por las coloridas páginas de ALOHA.

Pero, ¿por qué estaba pensando en mi recién estrenada jefa en ese preciso instante?

Bastó un nuevo beso del francés para borrarla de un plumazo.

—Espera, espera —le dije.

Julien se incorporó, asustado.

—¿Algo no va bien?

—Va demasiado bien. No voy a poder aguantar mucho más, ¿sabes?

Sonrió. Se sentó de nuevo en el asiento y me ayudó a incorporarme. El coche empezaba a deslizarse de nuevo sobre el asfalto. Observé el mundo a través de la ventana, el mismo mundo para el que éramos por suerte invisibles.

Me senté de nuevo sobre sus muslos. Él me abrazó por la cintura, y me miró como si la intimidad que habíamos creado fuese del todo real, como si yo llevase una eternidad a su lado, como si supiese mucho más que las cinco respuestas genéricas que me había ofrecido solo unos minutos atrás.

Me acerqué más a su cadera y él me penetró de nuevo. Me habló entre susurros mientras yo empezaba a moverme de nuevo lentamente.

—Tómate tu tiempo, Abi. Quiero que disfrutes —me apartó el pelo de la cara con cuidado—.

Fue exactamente eso.

Fue el momento en que lo oí llamarme Abi cuando supe que tal vez me había metido en un lío del que no iba a ser tan fácil salir. Desde luego, no tan fácil como recolocarse la falda y la melena y huir de aquel coche y de aquel atasco.

Me abrazó aún más fuerte y fue entonces cuando un orgasmo intenso y vibrante nos asaltó a los dos. Y me olvidé de la entrevista, de Miranda Tuna, del desierto de Arizona y del artículo que tenía que escribir esa misma noche sobre el conocido actor francés Julien Varvenne.

CAPÍTULO 6

J ULIEN

Qué equivocada está si cree que me voy a separar de ella los días que me quedan en esta ciudad.

O los días que me quedan en general.

Eso es lo que yo pensaba mientras Abigail hundía la cuchara en la copa de tiramisú y, según me decía, trataba de asimilar lo sucedido.

Yo agarraba los dedos de su otra mano sobre el mantel e ignoraba algunas miradas indiscretas, a pesar de que nos habían conseguido una mesa algo apartada del resto de comensales.

Los malditos carteles gigantes que inundaban la ciudad con mi rostro estaban mostrando uno de sus efectos colaterales: la realidad es que cada vez soy más conocido en este país.

Busqué al camarero con la mirada. Me encantaba aquel restaurante pero añoraba un poco la época en la que podía visitarlo de forma completamente anónima. Pedí la cuenta desde la distancia.

—¿Has dormido alguna vez en el Ritz? —pregunté.

Abigail me miró como si le hablase en otro idioma.

—Sería un poco extraño dormir en un hotel en mi propia ciudad, ¿no crees?

—¿Te gustaría?

—Sí.

—¿Nos vamos de aquí?

La sonrisa que iluminaba su rostro fue toda la respuesta que yo necesitaba.

Después de pagar la cuenta agarré a Abigail de la mano y nos dirigimos a la puerta del restaurante. Elio, el chófer, debía esperarnos con el coche justo delante. Fue allí donde empezó a desatarse el desastre.

—¡Julien! ¡Julien! —oí unas voces insistentes tras uno de los coches que había aparcados en la zona—. ¡Miren hacía aquí, por favor! ¿Quién es la joven que lo acompaña?

Levanté la vista, y allí estaban. Tres fotógrafos con sus grandes objetivos, apuntando hacia nosotros. La mano de Abigail se deslizó al instante de la mía en cuanto se dio cuenta de la situación.

Corrimos hacia el coche, cegados por los flashes de las cámaras. Abrí la puerta trasera y Abi se deslizó sobre el asiento. Entré tras ella a toda prisa y cerré.

—Sácanos de aquí, Elio.

—¿Fotógrafos? —preguntó el chófer—. No tengo la menor idea de dónde han salido. No los he visto. De haber sabido que estaban aquí lo habría avisado.

—No te preocupes.

—¿Dónde les llevo?

—Al hotel Ritz —contesté.

—Espera —dijo Abi—. Estoy pensando que...no sé si es una buena idea.

Algo en mi interior, una pequeña grieta, empezaba a convertirse en un tejido que se resquebrajaba. Pero, por supuesto, no estaba dispuesto a dejar escapar a la reportera.

—Debí haberlo previsto —dijo—. Esos fotógrafos...es culpa mía. No imaginé que pudiesen estar esperándonos a la salida.

Alguien dentro del restaurante debe habernos visto juntos y los llamó.

—¿Culpa tuya? En absoluto. Abi, ¿qué sucede? Me da exactamente igual lo de esos fotógrafos.

Ella suspiró y desvió la mirada hacia la ventanilla. De repente parecía algo preocupada.

—¿Qué pasa?

Empezaba a entender la situación, pero no podía calmarla o consolarla si ella no me decía exactamente cuál era el problema. A pesar de que estaba deseando conocerla a fondo, la realidad era que apenas hacía doce horas que Abigail había entrado en mi vida. Doce horas que me habían bastado para saber que era una seria candidata a permanecer a mi lado mucho más tiempo, si ella quería—unos minutos habían sido suficientes, de hecho—.

—Si esas fotos se publican, y seguro que lo harán —dijo— puede verse comprometido mi trabajo. ¿Entiendes? La Tuna las verá, no se le escapa ni una.

—¿La Tuna?

—Es mi nueva jefa. La directora de la revista para la que trabajo. Ella fue quien me encargó un artículo sobre ti.

Noté la mirada interrogante de Elio a través del retrovisor. No quería interrumpir nuestra conversación, pero el coche ya estaba en movimiento y necesitaba confirmar dónde debía llevarnos.

—Sí, al Ritz por favor, Elio —le dije.

Apreté la mano de Abigail y ella asintió.

Después rodeé sus hombros con mis brazos. Ella se acercó un poco más y descansó su cabeza junto a mi cuello.

—Te entiendo perfectamente —dije—. Tú no perteneces a mi mundo y tal vez sientes que en realidad estás en el lado de esos *paparazzi*. No puedo prometerte que esas fotos no verán la luz mañana, pero al menos, me gustaría que no te preocupases esta noche. Y que sea lo que tenga que ser.

En fin, ¿qué decir?

No habíamos dado ni dos pasos por el *hall* del hotel y las fotos ya estaban circulando por internet.

ABIGAIL

—Esto es una locura —dije.

Estábamos en la terraza de la *suite* en la que Julien se alojaba, disfrutando de una copa y de las vistas sobre la ciudad. Observaba atónita la pantalla de mi móvil.

Había recibido dos mensajes en apenas unos minutos. Uno era de mi amiga Helena. Me enviaba el enlace de una publicación de Instagram que acababa de salir a la luz. La instantánea era más que evidente.

En la foto salíamos Julien y yo en la puerta del restaurante, vestidos con la misma ropa, sonrientes. Él me había sujetado la mano un segundo y ese momento exacto era el que aparecía reflejado en la foto.

Todo aquel asunto era algo problemático, la verdad. Por lo repentino de la situación, porque a pesar de que ahí solo se veía a dos amigos que habían salido a cenar parecía evidente que existía cierta química. Y vaya si existía. Si el mundo se enteraba de lo que había sucedido dentro de aquel coche yo no saldría de la cama en una semana. Y no porque me arrepintiese de ello. En absoluto. Si ya había sucedido, no tenía ningún sentido lamentarse. Simplemente nunca me había pasado aquello...tan rápido.

Aquello.

Aquello era que por primera vez en muchos años estaba cómoda a su lado y a pesar de que era consciente de nuestra distancia real —vivíamos en países vecinos pero distintos—, no tenía miedo de lo que pudiese pasar en el futuro. Solo quería seguir hablando con él en esa terraza. Que aquella noche no terminase.

Iba a dejar el teléfono y decirle que en realidad debería ponerme a trabajar en mi artículo cuando en la pantalla aterrizó un segundo mensaje. Esta vez era de mi querida jefa Miranda.

Ella no adjuntaba ninguna foto, pero yo sabía muy bien a qué se refería con:

Parece que esta semana tendremos alguna que otra exclusiva sobre Julien Varvenne :))) ...Sabía que no me equivocaba encargándote esto.

Y una serie de emoticonos de dudoso gusto. Guardé el teléfono. No estaba de humor para contestar mensajes.

Julien estaba apoyado en el balcón de piedra, de espaldas a la ciudad; con su copa en la mano. Me levanté. De repente la brisa nocturna se había convertido en un frío agradable y seco, y en cuanto me planté delante de él reaccionó exactamente como yo quería. Dejó la copa sobre la mesa de la terraza y me frotó los brazos para que entrase en calor. Aquello reactivó de nuevo mi deseo.

—¿Qué haces mañana? —me preguntó.

—¿Trabajar? Tengo que redactar tu entrevista y enviarle algo presentable a la Tuna.

—Entiendo.

—¿Y tú? ¿No has de seguir con tu promoción?

—Sí. Algunas entrevistas más y de hecho...

Julien se rio de repente.

—Qué.

—Solo estaba pensando en que dudo que sean entrevistas tan interesantes como la nuestra.

Hundí la cara entre las manos. Él me las apartó y me atrajo de nuevo hacia su cuerpo.

—Te preguntaba por si por casualidad tenías la tarde libre y querías salir a merendar.

—¿Merendar? Julien, esas fotos...¿no te van a traer problemas?

—No lo sé. Tal vez. Pero ahora no pienso en eso. Y si te soy sincero, me trae sin cuidado.

Me quitó la copa casi vacía de las manos y me condujo hasta la cama. Me desnudó y después él se quitó la camisa. No me permitió tocarle. Mientras sujetaba mis codos por encima de la cabeza, hundió su boca entre mis piernas y se empleó a fondo con su lengua, arrastrándome hasta un nuevo éxtasis. Me estremecí, junté las piernas de forma instintiva, aprisionando entre mis ingles el rostro sonriente y satisfecho de uno de los actores franceses del momento.

Con un brazo a cada lado de mi cuerpo, Julien se incorporó sobre mí y me observó. Se recreó en mi expresión de pura felicidad, esa misma que yo ya catalogaba como "efímera" pero a la que me aferraba en los instantes previos a quedarme dormida entre sus brazos. Terminó de desvestirse y me abrazó. Teníamos calor, solo nos cubría una sábana y la brisa nocturna se colaba a través de la puerta del balcón, que habíamos dejado entreabierta.

Eran aproximadamente las cuatro de la madrugada cuando me desperté. Esto no es raro en mí. Siempre que bebo algo de alcohol por la noche mi cuerpo parece deshidratarse y mi sueño se ve alterado. Me incorporé en la cama y tardé varios segundos en ubicarme en aquella cama extraña.

A mi lado Julien respiraba sumido en el más profundo de los sueños. Ni siquiera se movió cuando palpé su espalda fría. Me levanté con cuidado de no despertarlo y fui al baño. Allí localicé un albornoz limpio, que me coloqué enseguida. Después puse la cara bajo el grifo del lavamanos y me mojé el rostro y el cuello, y calmé mi sed.

Ya no tenía sueño. Estaba desvelada. Eché de menos mi ordenador portátil y pensé que debería empezar a acostumbrarme a llevarlo siempre encima ahora que volvía a ser una reportera. Salí al balcón y me senté en la terraza. La brisa nocturna me calmaba siempre y me ayudaba a recuperar el sueño.

Aquella noche, sin embargo, no funcionó. Y no fue por el torbellino de pensamientos que ocupaba mi mente. A aquellas horas ya había superado el vértigo inicial y empezaba a hacerme la idea de que tendría que capear algún que otro comentario mordaz de la Tuna o incluso de mis nuevas compañeras de trabajo —a las que, por cierto, aún no había visto—. Pero todo eso ya me daba igual.

Me preocupaba más lo que estaba sintiendo y lo que ya anticipaba, que era algo oscuro y problemático. Me gustaba Julien. Me gustaba demasiado. Y tal vez había aterrizado en mi vida en el peor momento: justo cuando ya había decidido asentarme de una vez por todas en Madrid, mantener un trabajo "real" el máximo tiempo posible y poder ver a mis amigas regularmente. En el fondo, lo último que necesitaba en ese momento era una obsesión a distancia (sobre todo una con forma de hombre).

LA REPORTERA

Esa noche cometí un error de cálculo. En el enorme bolsillo del albornoz, antes de salir a la terraza a contemplar los avatares de la noche en la ciudad, guardé mi teléfono móvil, que llevaba ya algunas horas apagado porque no quería recibir mensajes inquisitorios.

Me senté en una de las sillas y lo encendí otra vez. Abrí mi aplicación de Instagram y no pude evitar echar un nuevo vistazo a la situación #JulienVarvenne.

Hashtag Julien Varvenne.

Fue entonces cuando el golpe de realidad me sacudió. Además de las cinco o seis instantáneas de nosotros en la puerta del restaurante, las únicas que el *paparazzi* había podido tomar mientras él me conducía hasta el coche a toda velocidad, vi otras que me inquietaron.

Era Julien, en una playa del Atlántico, con unas gafas de sol y acompañado de su compañera de reparto, Monique Bertrand. Las fotos eran recientes, muy recientes, según aseguraba el medio que las publicaba.

La nueva pareja del cine francés, decía el pie de foto.

En ese momento, con un nudo en el estómago, lo único en lo que pensé era que no podía permitirme problemas de ese tipo en ese momento de mi vida. Entré de nuevo en la suite, me vestí con cuidado de no despertarlo y le dejé una nota junto al teléfono que había en la mesita de noche:

Lo siento Julien, he de irme antes de lo previsto, tengo que entregar la entrevista a primera hora de la mañana,

Abigail

Abandoné aquella habitación como un ninja, con nocturnidad y alevosía. Me llevé el precioso boli con el logo del Ritz engarzado. *De recuerdo*, pensé.

Los colecciono.

En ese momento creí que todavía estaba a tiempo de evitar una catástrofe en los confines de mi corazón, y que el precio a pagar era, simplemente, aquella huida.

CAPÍTULO 7

JULIEN

—No tengo tiempo para esto ahora —le dije a Monique, devolviéndole al instante la revista—. Y sinceramente, no sé qué haces aquí. Acordamos con la productora que no era necesario que vinieras. He cumplido con todos los compromisos promocionales y, de hecho, no he terminado. He de seguir trabajando hoy.

—No puedo creer que estés enfadado —contestó ella, dando un paso hacía delante en el que creí adivinar una intención de abrazarme.

Instintivamente yo di dos pasos hacia atrás, para alejarme de la intensa energía que irradiaba. Eran casi las diez de la mañana y estaba en la *suite* del hotel. La misma habitación en la que unas horas antes había dormido con Abigail, que había desaparecido en mitad de la noche dejándome una nota junto a la almohada.

No tenía tiempo para ocuparme de Monique, ni de las malditas fotos. Maldita sea, solo podía pensar en ella.

Su marcha en mitad de la noche me había dejado perplejo, la verdad. No sé si era porque no tenía demasiada práctica en dormir con mujeres a las que conocía desde hacía apenas un día; pero jamás me había sucedido algo así. Nunca se habían marchado antes de que me despertase.

Tenía sentimientos encontrados. La razón me dijo que me fuese olvidando de ella, pero esa idea ridícula e imposible fue dinamitada en nanosegundos. Eso, sencillamente, no era una opción. No era posible. A esas alturas yo ya gravitaba hacia Abigail y si ella se había marchado de la habitación sin despertarme yo no iba a hacer otra cosa que llamarla en cuanto tuviese un minuto libre.

O mejor aún, iría a buscarla.

Y eso sucedería en cuanto me librase de Monique, que haciendo caso omiso de nuestro acuerdo y de nuestra agenda había cogido el primer vuelo París - Madrid de aquella mañana y había exigido en la recepción del hotel hablar conmigo.

Hablar.

¿De qué había que hablar, exactamente?

No me importaba lo que publicase la prensa. Eché un nuevo vistazo a la revista francesa que tenía entre las manos. Se la quité de nuevo. La había traído Monique, y dentro aparecían fotos nuestras. Fotos reales, del fin de semana que pasamos juntos en Bretaña, en la casa de mi familia.

Estaba alucinando, la verdad. Era imposible, imposible que alguien nos encontrase allí. Era un lugar aislado y siempre he contado con la discreción de mis vecinos, que me conocen desde que soy un niño.

A no ser que alguien hubiese llamado a aquellos fotógrafos. Que ELLA hubiese llamado a los fotógrafos.

Se la devolví de nuevo.

—¿Fuiste tú quien organizó todo eso?

Monique me observó, visiblemente enfadada. No contestó. Había pasado de un tono conciliador y alegre a su llegada a esa ira repentina que yo ya conocía demasiado bien, pues la había sacado a relucir muchas veces durante el rodaje.

Se había presentado en la *suite* mientras yo desayunaba, y no parecía dispuesta a marcharse de allí.

—Te acompañaré hoy a hacer las entrevistas de promoción —dijo, cambiando de tema.

Pensé en Raquel, con quien había quedado en unos minutos. Le daría algo si de repente apareciese por allí acompañado de ella sin tenerlo previsto.

—No. Ni lo sueñes. No puedes improvisar así, Monique.

—Claro que puedo.

—Y además, todavía no has logrado explicarme a qué has venido.

Resopló. Estaba poniendo a prueba su paciencia y era consciente de ello, pero me daba exactamente igual.

—Sí te lo he explicado. Voy a promocionar nuestra película. Vengo a trabajar. Contigo. Estamos juntos en esto.

Me reí.

—Acordamos con la productora que yo me ocupaba de la prensa en Madrid. Y además, sobre estas fotos, me parece que ya no será necesario...

—Imagino que lo que ahora te interesa es la rubia de anoche —me interrumpió—. Parece que lo hayas hecho a propósito, para provocarme.

Ya no me quedaba ninguna duda. Estaba delante de un ataque de celos en toda regla.

En ese momento llamaron a la puerta y lo agradecí, pues todo apuntaba a que la respuesta que ya tenía preparada para Monique con respecto a Abigail no iba a gustarle un pelo. Me levanté, a pesar de que ella seguía protestando, y acudí a abrir.

Era Raquel.

—Buenos días, Julien, ¿preparado para el tercer día de...

No terminó la frase. Yo había abierto la puerta del todo para que entrase en el amplio salón de la *suite*. Se quedó parada en cuanto vio a Monique, a quien, como ya sospechaba, no esperaba ni por asomo.

En ese momento se me ocurrió una idea.

—Raquel, ¿a qué hora era la grabación que teníamos prevista para hoy?

—A las doce —murmuró, después de echar un rápido vistazo a la agenda que llevaba bajo el brazo.

—Perfecto. ¿Qué te parece si la hace Monique? Ha llegado hoy desde París con muchas ganas de promocionar nuestra película.

Me miró como si le hablase en un idioma desconocido.

—La verdad, no sé si...

—Lo hará fenomenal. Tienes que excusarme —me acerqué un poco a ella para que mi compañera de reparto no me escuchase—. He de hacer algo más esta mañana. Estaré de vuelta para el próximo encuentro con la prensa. Esta tarde, ¿verdad?

—Verás, Julien. Tenía algo más que comentarte. Es sobre las fotos que aparecieron anoche en las redes. Las de tu acompañante, la rubia misteriosa, y también sobre las que apareces con Monique.

Me crucé de brazos.

—La rubia misteriosa...¿qué pasa con las fotos?

—Que necesito saber si estáis juntos.

—¿Por qué?

—Para poder hacer mejor mi trabajo, Julien. Porque a lo largo de hoy nos van a preguntar.

Entré de nuevo en la habitación para recoger mi teléfono, mis gafas de sol y la cartera.

—Puedes decirles, si quieres, que la "rubia misteriosa" es mi futura esposa. Te llamo más tarde, Raquel.

Salí del hotel a toda prisa y me acerqué a Elio, quien permanecía junto al coche que tenía a mi disposición durante todo el tiempo que estuviese en la ciudad. Al verme, dobló el periódico que estaba leyendo y se lo colocó bajo el brazo.

—¿Vamos a algún sitio, *monsieur*?

—Sí —le contesté, mientras rodeaba el coche y alcanzaba una de las puertas traseras—. Ya conoces la ruta. Vamos a buscar a la señorita rubia que recogimos ayer en casa. Misma dirección.

Atravesamos de nuevo la ciudad hasta llegar al edificio en el que vivía Abi. Me colé en el portal y busqué su nombre entre los buzones. Cuando lo localicé, llamé al timbre. Ni rastro de ella. Salí de nuevo a la calle y me dirigí al coche donde Elio me esperaba.

—¿No ha habido suerte?

—No. Pero tengo una idea.

Saqué el móvil e hice una rápida búsqueda en Google. *¿Por qué no?* pensé. *Vamos a intentarlo.*

ABIGAIL

Miranda Tuna levantó la vista del texto que previamente le había enviado por e-mail mientras yo observaba nerviosa su posible reacción. Entre las manos tenía impresa la entrevista a Julien, redactada y maquetada.

La jefa suspiró.

—Es correcta, supongo.

—Correcta.

—Está bien, Abi. Perfecta. Lo que pasa es que no hay ninguna mención a las fotos que salieron anoche.

—¿Te refieres a las fotos con Monique Bertrand? —me encogí de hombros—. Él lo desmintió. Me dijo que no hay nada. Y me parece que le creo.

—¿Te parece? Cenasteis juntos, ¿no?

No había escapatoria.

—Sí. Fue solo una cena. Me dijo que solo respondería a mis preguntas si salía a cenar con él.

La Tuna soltó los papeles y se echó hacia atrás en su carísima silla de directora.

—Dios mío, Abigail. ¿Por qué no me lo dijiste? No tenías que salir a cenar con él para conseguir una entrevista. Habría buscado otro tema para ti. Lo habríamos descartado. A no ser que quisieras hacerlo, claro.

La miré. ¿En serio tenía que contestar aquello?

—Bueno, tal vez sí quería. Puede que no tuviese nada mejor que hacer.

—Está bien. Aún así, me veo en la obligación de congelar este reportaje hasta que logremos averiguar si está o no con ella, porque no pienso publicar algo que no está contrastado al cien por cien y...

—No estoy con ella.

La voz masculina y con acento francés que sonaba a mi espalda debía ser producto de las pocas horas de sueño de aquella noche. Había llegado a casa a eso de las cinco de la madrugada en un taxi y en lugar de dormir me puse a redactar el texto con el único fin de olvidarme para siempre de Julien Varvenne, entregar el reportaje y poder concentrarme en los horóscopos que, todo sea dicho, al menos no me daban este tipo de problemas.

LA REPORTERA

A las ocho, en lugar de irme a dormir, me di una ducha rápida y salí de casa para trabajar en la redacción de ALOHA durante toda la mañana. Necesitaba normalidad. Necesitaba un horario. Coger el metro en hora punta. Una máquina de café. Charlar con mis compañeras en la oficina.

Necesitaba una vida normal.

Y, sin embargo, estaba plantada delante de la Tuna, dentro de su despacho, comentando "lo de anoche", cuando oí su voz a mi espalda.

El mismísimo Julien Varvenne. Con un traje impecable y una sonrisa desarmante, en la redacción de ALOHA.

Ambas lo miramos sin poder dar crédito.

—Me refiero a la señorita Bertrand, aunque no sé si hace falta aclararlo —dijo él—. Puedes publicar el texto de Abigail, Miranda. Y si tenéis alguna pregunta más, aquí me tenéis.

Me levanté, aunque no sé si fue mi mejor movimiento, dado que las rodillas me temblaban.

—¿Cómo has llegado hasta aquí?

—He preguntado por la señorita Tuna a la recepcionista. Le he dicho que preparaba un reportaje sobre mí.

—Me refiero a cómo me has encontrado.

No quería sonar a la defensiva, pero es que estaba a la defensiva. ¿Cómo debía tomarme que Julien se hubiese presentado en el lugar en el que trabajo con la dudosa excusa de su entrevista?

Él levantó la vista y miró a la jefa.

—¿Puedo hablar a solas con Abi? Será solo un minuto.

—Pues no sé. Estáis en mi despacho y no me gusta mucho la idea de...

—Por favor.

Miranda se encogió de hombros y salió al amplio espacio que ocupaban las mesas de la redacción y que poco a poco empezaba a ser un espacio habitado. ¿Alguien trabajaba en aquella revista? No se fue muy lejos y su despacho era una pecera, por lo que podía ver perfectamente lo que hacíamos allí dentro.

Él se acercó y me cogió las manos.

—Abi, sé por qué te fuiste anoche. Por las malditas fotos. Pero como puedes comprobar no he perdido ni un segundo en salir a buscarte. Donde sea necesario.

Se acercó un poco más y yo ya me inclinaba instintivamente hacia sus brazos, ignorando el mundo que quedaba fuera de aquel despacho de cristal.

—Julien, la entrevista es una cosa y quiero hacer mi trabajo lo mejor posible, pero a nivel personal no creo que estemos en un punto en el que me debas una explicación. En el que nos debamos una explicación.

—Lo sé. Pero tenía que decírtelo. Pasé un fin de semana con Monique en la Bretaña, mientras rodábamos la película. Fue desastroso. Cuando terminamos el rodaje la productora nos obligó a firmar un acuerdo según el cual debíamos simular que había algo entre nosotros. Iría bien para la taquilla, nos aseguraron. Ella quiso que fuese real y yo, ayer mismo, decidí que no quería participar en esa mentira.

—¿Ayer?

—En el hotel. En el primer momento en que te vi y tú me miraste sin reconocerme. Y aún así tus pupilas se dilataron un poquito, ¿sabes?

Julien puso su dedo índice bajo mi barbilla y levantó mi rostro.

—Exactamente igual que ahora —me dijo.

Me besó, y entonces escuchamos un murmullo lejano. Miré de reojo. Mis compañeras de ALOHA ya estaban en la redacción, rodeando a la Tuna, sosteniendo enormes tazas de café entre sus manos y contemplando el espectáculo.

—Nos están mirando.

Julien sonrió.

—¿Ah sí? Ve acostumbrándote, Abigail. A partir de ahora nos van a mirar mucho. Y nos van a ver juntos y felices.

Me besó de nuevo. Era por la mañana, estaba en la oficina en mi nuevo trabajo y estaba rodeada por los brazos del actor francés del momento.

Y pensar que estuve a punto de quedarme un tiempecito más en el desierto de Arizona.

Mis compañeras no pudieron evitarlo: un aplauso interrumpió nuestro beso.

—Es mejor que me vaya y te deje trabajar —me dijo Julien—. Te veo luego.

Asentí.

—¿Y tú? ¿Qué harás? —pregunté.

—Terminar con la maldita promoción y esperar a que me hagas caso. ¿Tú?

—¿Yo? Me temo que...¡escribir los malditos horóscopos!

EPÍLOGO

Un año después
		ABIGAIL

—*Oh, là, là,* ¡no me puedo creer que hayáis venido por fin, después de meses insistiendo! —exclamé, abrazando a mis amigas junto a la explanada de los Invalides.

—Y yo no me puedo creer que vivas en París, cabrona —dijo Astrid—. Ya sospechaba yo que lo de instalarte en Madrid y tener un trabajo de persona normal no iba a durar mucho.

—Te recuerdo que aún conservo un trabajo de persona normal, aunque viva con un actor.

—La Tuna debe estar que se sube por sus paredes de cristal.

—En serio, podríamos haber ido a buscaros al aeropuerto —le contesté, ignorándola un poco de paso.

—Nos gusta la aventura, ya nos conoces —dijo Helena.

Le quité una de las dos maletas que arrastraba. Mis amigas habían decidido recuperar sus tradicionales escapadas europeas. Habían dejado a sus respectivos novios en casita y se habían animado por fin a visitarme en París.

¡En París! Has leído bien. Al final resulta que lo del actor francés, a lo tonto, ha salido a la perfección. Y yo que creí que la cosa se difuminaría en cuanto él pusiera un pie de nuevo en el avión... pero para mí sorpresa, Julien empezó a visitarme casi todas las semanas. ¡Y, finalmente, hace tres meses me instalé con él en un enorme piso en la zona de los Grands Boulevards!

Nos dirigimos al coche que nos esperaba a unos pocos metros. El guapísimo hombre que estaba al volante sacó la cabeza por la ventanilla, rodeó mi cintura y me atrajo hacia sí para besarme.

—Muy bien, *monsieur* Varvenne —dije—. ¿No puedes esperar a que suba al coche?

—Sabes que no. *Salut,* señoritas. ¿Las ayudo con las maletas?

—¡No hace falta! —exclamó Astrid. Me agarró de la mano y me condujo rápidamente hacia el maletero, donde él no pudiese oírnos.

—Espera. ¿Ha venido él en persona a recogernos? Yo creí que tenía... no sé. Un chófer.

Me encogí de hombros. Ya me había acostumbrado a las peculiaridades de Julien.

—Ya. Lo tiene. Pero le gusta llevarme a sitios, ¿qué le voy a hacer?

Subimos al coche. Yo en el asiento del copiloto y las chicas en el de atrás.

—Nos vamos a casa —dijo Julien, mirando por el espejo retrovisor y ajustándose las gafas de sol.

Extendí la mano y agarré la de Helena. Mi vida había dado un giro brutal en unos pocos meses, pero yo no soy alguien que le de vueltas y vueltas a todo. No me cuesta tomar decisiones importantes, porque siempre estoy dispuesta a volver a la casilla de salida si es necesario.

—Tenéis que contarme todo. Burak y Mike...¿cómo están?

—Encantados de librarse de nosotras durante un fin de semana enterito.

—Seguro que ya os echan de menos.

—Mike, no. Como buen Acuario.

—Oh, dios, ¿en serio? ¡No quiero saber el horóscopo de nadie! —exclamé—. Miranda no se sube por las paredes, por cierto. Sigo trabajando en ALOHA. No la he dejado colgada.

—¿Cómo?

Me asomé entre los asientos.

—TE-LE-TRA-BA-JO, bonita. ¿Te suena? Está muy de moda.

—¿Sigues trabajando para ella a distancia?

—No me quedaba otra. Me ofreció un aumento de sueldo a cambio de seguir redactando los horóscopos. Y la verdad, no me viene mal distraerme mientras estudio francés.

Astrid se levantó las gafas de sol y nos miró a las dos.

—¿Quién nos iba a decir que las tres íbamos a aprender nuevos idiomas a estas alturas?

Nos reímos, y Julien carraspeó mientras detenía el coche ante un semáforo.

Llevó la mano derecha del freno de mano a mi rodilla y la apretó, como solía hacer mientras conducía y yo le hablaba de cualquier cosa que me pasara por la cabeza.

El coche es uno de nuestros espacios favoritos, como puedes imaginar. Nos trae buenos recuerdos: nuestras andanzas en Madrid, esa primera noche absolutamente loca que se ha convertido con el paso de los meses en una historia sólida que avanza y nos envuelve como nunca habría imaginado.

Le sonreí y eché un vistazo a aquella preciosa ciudad por la ventanilla. Una gigantesca lona con el rostro de Julien que cubría un edificio me devolvió la sonrisa.

En conclusión: siempre di que sí si te proponen entrevistar a un atractivo actor francés.

¡La entrevista!

LA REPORTERA

No te lo vas a creer, pero al final... ¡no se publicó!

¿Quieres más Elsa Tablac?

Si te ha gustado esta mininovela, puedes leer las historias de Astrid, Helena y Miranda¡ EL TURCO, EL PROFESOR DE INGLÉS y MERCURIO RETRÓGRADO. Ya disponibles!

CONTENIDO EXTRA

A continuación puedes leer el primer capítulo de la historia de Miranda Tuna:

MERCURIO RETRÓGRADO

CAPÍTULO 1

M IRANDA
—No, yo no voy a cenar. Pero tú come tranquila, faltaría más.

El tipo exhibió otra vez su sonrisa blanca y perfecta y acto seguido dio un nuevo sorbo a su agua con gas. Pestañeé varias veces, navegando entre la inercia y la incredulidad. ¿En serio me estaba pasando esto?

—¿No vas a comer nada? —insistí sutilmente—. Creí que cenaríamos algo. Quiero decir, por la hora que es...

Miré mi reloj, aunque sabía perfectamente qué hora era: ¡la hora de huir de aquella cita decepcionante!

—No quiero romper mi ayuno —contestó él, imitando mi gesto y echando un vistazo a su reloj.

—Tu ayuno.

—Ayuno intermitente.

Raúl —o al menos así se suponía que se llamaba, no me había enseñado ninguna identificación— se dio unos golpecitos en los abdominales. Agucé el oído, casi se podía escuchar el acero que había debajo de aquella camisa. De repente lo del ayuno tenía cierta lógica. Ese cuerpazo moldeado por el *crossfit* debía someterse a unas dinámicas más o menos estrictas. Y la dosis de carbohidratos que yo estaba engullendo en su presencia no estaba entre ellas seguro.

—Quiero quitarme pronto los dos kilos extra de las vacaciones —dijo.

Se señaló el labio.

—Tienes... mayonesa.

Horrorizada, eché mano de la servilleta, golpeando de paso mi copa de vino, que acabó desparramada por la mesa.

¡Hola!

Mi nombre es Miranda Tuna y me pillas en medio de la cita más desastrosa del año; buscando ya la salida de emergencia con la mirada. La verdad es que en lo profesional no puedo quejarme; dirijo una de las revistas de cotilleo más vendidas del país: ALOHA. Y eso, teniendo en cuenta que a estas alturas del siglo veintiuno las revistas en papel son prácticamente un muerto que se acumula en cafeterías y peluquerías, es todo un logro.

Otro tema es el asunto masculino que, sorprendentemente, no se me da tan bien como cabría esperar.

Así que ahí estaba esa noche en un animado bar de copas cercano a la Gran Vía, acompañada del tal Raúl, alias "el crossfitero", mientras un pequeño reguero de mayonesa se escapaba entre mis labios.

Estaba descolocada, esa es la verdad; y obviamente ya había tachado el nombre de aquel chico de mi lista en el momento en que se negó a pedir algo de cenar y me dejó a mí sola delante de un delicioso taco mexicano. ¡Pero es que tenía hambre! Una copa de vino y un taco era todo lo que necesitaba para reconducir mi día después de una intensa jornada en la redacción de la revista.

Solo a mí se me ocurre tener una cita después del trabajo con un hombre que ni siquiera tiene la decencia de acompañarme en una cena rápida y se limita a pedir un agua con gas y a señalar que una salsa resbala por mi cara.

Era atractivo, sí, y tenía un cuerpo de escándalo, pero como dice mi madre, "acababa de volcarme el guiso".

Engullí el resto del taco en dos bocados y me limpié con la servilleta sin pensar mucho en la destrucción del pintalabios.

—He de irme —le anuncié.

—¿Cómo?

—Estoy muerta de cansancio, ha sido un día muy largo.

Se calló, consciente de que en el fondo él tampoco quería alargar aquella cita sin sentido.

—Solo hace media hora que hemos llegado —me dijo.

Levanté el dedo para llamar la atención del camarero. Nos trajo la cuenta y observé, perpleja, como mi acompañante no hacía ni el más mínimo gesto de echar mano de su cartera. Creo que mi cara me delató.

—¿Te importa? —inquirió—. Solo he pedido un agua con gas.

Yo solo quería salir de allí.

—Claro, no te preocupes. Hoy pago yo —dije.

Hoy.

No habría ningún otro día, y ambos lo sabíamos.

Pagué la cuenta (el taco, la copa de vino derramada y el agua con gas del crossfitero) y salí del local. Él me dijo que iba al baño, pero no lo esperé. Me largué de allí a la francesa, sin despedirme. ¿Para qué? Tengo tantas citas insulsas con desconocidos a mis espaldas que, la verdad, me daba permiso a mí misma para ahorrarme ciertas despedidas que no conducirían a ningún sitio.

Empecé a andar a toda prisa, como si me hubiese ido sin pagar. Pensé en parar un taxi, llegar a casa y sumergirme un buen rato en la bañera; pero cuando me di cuenta ya había caminado unos veinte minutos a pesar de que no llevaba los zapatos más cómodos del mundo. Me había detenido en un semáforo más tiempo de la cuenta y había borrado de mi móvil las cuatro aplicaciones que había estado usando en el último año para ligar.

Se acabaron las apps, pensé. *Desisto. Ha sido entretenido, interesante a ratos, pero lo que busco o, más bien, lo que me gustaría encontrar sin necesidad de buscarlo, no está tras la pantalla del teléfono.*

Realmente no sé dónde está, pero yo ya había tomado una de mis decisiones categóricas y repentinas.

Se habían acabado las citas con desconocidos.

Y en el mismo momento en el que me sentí plenamente liberada de esa extraña carga autoimpuesta levanté la vista y lo vi.

Era alto, tendría más o menos mi edad, unos cuarenta años. La piel demasiado bronceada para nuestra ciudad sin mar, la mirada azul, dura y concentrada en algún punto fijo sobre mi hombro.

Lo supe porque el corazón me dio un vuelco.

Él estaba esperando en la otra acera a que el hombrecillo verde apareciese.

Es decir, lo normal sería que nos cruzásemos en ese paso de cebra, con suerte nos observaríamos mutuamente durante unas décimas de segundo y no nos volveríamos a ver jamás. Así son la mayoría de encuentros fugaces en la ciudad.

Ese día, sin embargo, mi cuerpo, o tal vez mis zapatos se rebelaron.

El apuesto desconocido y yo nos cruzamos en el asfalto, y mientras me acercaba a su hombro izquierdo me dije a mí misma: si me mira, me daré la vuelta y caminaré tras él.

"Caminaré en la misma dirección que él" es una manera sutil de referirse a "lo perseguiré".

LA REPORTERA

Y eso sucedió. Nos cruzamos, nos miramos como si estuviésemos solos en el centro de la ciudad y reconociésemos a alguien de nuestra misma especie en un Arca de Noé. Dejé pasar unos segundos, me giré y caminé tras él.

Es absurdo, lo sé.

Pero lo hice.

Me convencí a mí misma mientras aligeraba el paso con algunas excusas banales:

Tómatelo como un poco de ejercicio extra, Miranda: te sienta muy bien dar paseos largos.

La cita ha acabado antes de lo previsto, aún es pronto.

Jamás has hecho eso... seguir a un desconocido por la calle, ¡puede ser excitante! ¿Dónde irá?

Lo dicho, me giré sobre mis tacones y caminé tras él apuesto moreno a cierta distancia durante unos quince minutos, sin tener la menor idea de quién era ni hacia dónde se dirigía.

Serpenteamos por las calles del centro y pronto la distancia física entre nosotros fue aumentando, hasta que me detuve bruscamente en otro paso de peatones. Un taxi con la luz verde se detuvo a mi lado.

¿Qué demonios estás haciendo, Miranda Tuna?

Levanté la mano y el taxista detuvo el coche a mi lado. Abrí la puerta trasera y murmuré mi dirección. Iba siendo hora de poner punto final a aquel día infame.

Me fui a casa.

Y sin embargo, resulta que ni en casa puede estar una tranquila. Abrí la puerta y seguí el pequeño circuito de rituales cotidianos con los que me encuentro todas las noches al llegar (sí, has leído bien: solo voy a casa a dormir), abrir la nevera, dar un trago del tetra brik de leche de la nevera, descalzarme, coger los zapatos y llevarlos hasta mi armario.

Y justo entonces, el último desastre del día. El estante superior donde estaban perfectamente ordenados la mayoría de mis preciados zapatos se partió por arte de magia.

Todos los zapatos cayeron encima de mí. Me llovieron los tacones y las plataformas.

¿Te imaginas una muerte más ridícula?

Murió sola en casa, aplastada por su propia colección de zapatos; y por supuesto, posteriormente fue devorada por su gata.

Tras unos segundos de aturdimiento, conseguí ponerme de nuevo en pie. Unas plataformas de Prada habían aterrizado sobre mi frente, provocando una pequeña herida.

Pero en fin...

¡Sorpresa! Seguía viva.

www.ingramcontent.com/pod-product-compliance
Lightning Source LLC
Chambersburg PA
CBHW060502160726
47992CB00003B/1290